DIESES BUCH GEHÖRT:

KAMPENWAND
VERLAG

ISBN: 978-3-947738-03-8

Raiffeisenstr. 4 · D-83377 Vachendorf
www.kampenwand-verlag.de

Versand & Vertrieb durch Nova MD GmbH
www.novamd.de · bestellung@novamd.de · +49 (0) 861 166 17 27

Text & Illustration: Bettina Rakowitz
Lektorat: Textwerkstatt Anne Paulsen
Druck: FINIDR, s.r.o. - Lípová 1965 . 737 01 Český Těšín . Česká republika

BETTINA RAKOWITZ

König Pups

FÜR FREDERIK, HANNES & TONI

Es war einmal in fernem Land,
da war ein König sehr bekannt.
Er war zwar mild und auch sehr weise,
doch erzählte man sich leise,
dass er wohl ein Leiden habe,
hatte er doch diese Gabe,
dass es stets gar furchtbar stank,
nachdem er aß oder auch trank.
Denn dann entflohen ihm in Kürze
wahrhaft fürchterliche Fürze.

Der arme König litt gar sehr,
kaum etwas wünschte er sich mehr,
als dass er endlich sei befreit
und nicht mehr gleich ein jeder schreit:
»Setzt rasch die Nasenklammern auf,
der König kommt die Gasse rauf!«
Denn wer in seiner Nähe war,
nahm immer nur das eine wahr:
Wenn diesem König Luft entwich,
so stank es gleich gar widerlich.

Der König, traurig und bedrückt,
zog sich in seine Burg zurück.
Zu stark empfand er arge Schmach,
da blieb er lieber im Gemach.
So konnte es nicht weitergehn,
da musste dringend was geschehn!
Denn ein König muss regieren,
seinem Volk den Weg diktieren!
Doch stets, wenn er das Wort ergriff,
es prompt aus seinem Darme pfiff.

Verzweifelt er den Leibarzt bat,
ob dieser wüsste einen Rat.
Dem Leibarzt war es sonnenklar,
was schuld an der Misere war:
Der Speiseplan sei viel zu schlecht
und eines Königs nicht gerecht!

Durch edel duftende Gewürze
könne man die üblen Fürze
leicht in Wohlgeruch verwandeln.
Günstig sei es, Honigmandeln,
Pfefferminz und Walderdbeeren
statt der Bohnen zu verzehren.
Zwiebel, Kraut und Rosenkohl
blähen auf, das weiß man wohl.
Besser seien die Gerichte,
bei denen man darauf verzichte.

Bald schon strömten aus der Küche
herrlich duftende Gerüche.
Der König aß es mit Genuss
und dachte erst noch voll Verdruss,
wie einfach doch die Lösung war …

... als es wiederum geschah:
Kaum hatte er das Brot gekaut,
das Essen nicht mal halb verdaut,
da war ein grässliches Rumoren
laut zu hörn für alle Ohren.
Was die Theorie versprach,
die Praxis leider gänzlich brach:
Wenn auch das Essen köstlich roch,
des Königs Pupse stanken doch!

Der König weinte bitterlich,
die böse Ahnung ihn beschlich,
dass der Gestank ihm folgt ins Grab,
da es für ihn kein Mittel gab.
Er zog daraus den klaren Schluss,
dass er wohl damit leben muss.

»Vielleicht«, so rief sein treuer Schneider,
»braucht es einfach noch mehr Kleider?
Eine dicke Mantelschicht
durchdringt ein Pups ganz sicher nicht!«

Des Königs Augen wurden groß,
den Einfall fand er ganz famos!
Drum rief er hoffnungsvoll: »Sodann!«,
und legte alle Mäntel an,
die er in seiner Kammer fand,
und schnürte sie mit straffem Band.

Dem König wurd es schrecklich heiß,
er badete im eignen Schweiß.
Sein Kopf war bald schon puterrot
und Luft bekam er nur mit Not.
So stand er keuchend und verschwitzt
und sichtlich völlig überhitzt.
Doch all dies war ihm ganz egal,
wenn nur beendet sei die Qual,
die ihm sein Darm allzeit bescherte
und des Volkes Spott ernährte.

Da hörte er, still und gedämpft,
wie sich ein Pups ins Freie kämpft.
Der König kurz die Luft anhielt …
Ob denn der Schneider recht behielt?
Kurz währte seine Hoffnung noch …

… doch bald darauf er es schon roch:
Der Pups trotz allerlei Gewand
den Weg hinaus ins Freie fand!

Der Hofstaat sah betreten drein
und fühlte mit des Königs Pein.

Nun sprach der größte der Gelehrten:
»Herr, wir folgen falschen Fährten!
Keine Lösung etwas bringt,
solange Luft nach außen dringt.
Erst wenn der Weg verschlossen ist,
auch Heilung zu erwarten ist!«

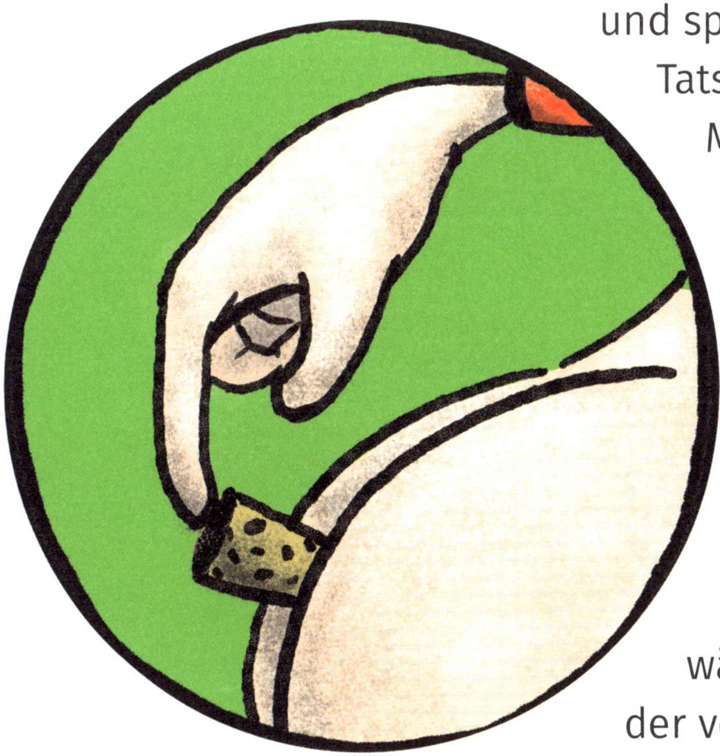

Dem König schien dies sogleich logisch,
und so stopfte er euphorisch
einen Korken hinten rein
und sperrte so die Winde ein.
Tatsächlich hielt der Korken dicht:
Man roch des Königs Pupse nicht!

Der König konnt es erst nicht fassen,
dann begann er ausgelassen,
seine Arme hochzureißen
und den Mann laut zu lobpreisen.
Auch der Hofstaat fiel mit ein
und freute sich ganz ungemein.
Ein jeder hielt ihn für genesen,
wär da nicht der Druck gewesen,
der von innen kräftig drückte ...

... und als der König sich kurz bückte,
flog mit einem lauten KNALL
der Korken raus mit Überschall.
Die ganzen aufgestauten Gase
krochen prompt in jede Nase.
Erschüttert stand der König da,
das Fest abrupt beendet war.
Der Hof stand still, vor Schreck gelähmt.
Der König war zutiefst beschämt.

Er hatte so fest dran geglaubt!
Nun senkte er bedrückt sein Haupt,
zog sich zurück in seine Kammer,
voller Leid und voller Jammer.
Fest schob er den Riegel vor.
Der König bitter bei sich schwor,
dass er den Raum nie mehr verlässt,
solang er stets stank wie die Pest.

Tatsächlich ging er nicht mehr raus,
blieb in der Burg tagein, tagaus.

Aber wehe einer Stadt,
die keinen starken König hat!
Ein jeder tut dann, was er will,
und alle Ämter stehen still.
Die Wachen drehen ab nach Haus
und mit der Ordnung ist es aus.
Doch eine Stadt mit leeren Türmen
lässt sich nur allzu leicht erstürmen.
Sind die Mauern unbewacht,
man sich zur leichten Beute macht.

Schon bald war es in aller Munde.
Auch der Feind erhielt die Kunde,
dass die Stadt war nicht beschützt,
da solch ein König wenig nützt.
Und gleich am nächsten Tage stand
der Feind formiert am Waldesrand.

Es waren mehrere Legionen
mit Pferden, Lanzen und Kanonen!
Geschlossen stürmten sie im Nu
mit viel Gebrüll aufs Burgtor zu.

Sie rammten es mit voller Kraft
und hätten es beinah geschafft,
die dicken Hölzer durchzuschlagen
und den Sieg nach Haus zu tragen.

Da kam der König wutentbrannt
aus seiner Kammer rausgerannt,
aß hastig Blumenkohl und Bohnen,
eilte hin zu den Kanonen,
setzte sich auf eine drauf
und knöpfte sich die Hosen auf.
Sobald sein Po das Rohr verschloss,
auch schon der erste Pups rausschoss!

Dank Kohl-Motor und Bohnen-Power
stob der Pups über die Mauer
und ist rasant in hohem Bogen
auf die Feinde zugeflogen.
Eine Salve sich ergoss
auf den Feind dort hoch zu Ross.
Die Feinde rangen mit der Luft,
als so des Königs übler Duft

gar plötzlich auf sie niederkrachte
und sie akut zum Würgen brachte.
Der so grässliche Gestank
legte ihre Nerven blank.
Ein jeder rang mit Atemnot,
es drohte der Erstickungstod!
Die Männer traf's mit voller Wucht
und bald schon drängten sie zur Flucht.

Das Volk, das dies Spektakel sah,
zunächst zutiefst verwundert war.
Die Bürger konnten es kaum fassen,
die Feinde hatten abgelassen!
Die Gefahr, sie war gebannt,
die Feinde waren fortgerannt!
Durch des Königs Unterfangen
war das Volk dem Tod entgangen!
Er hatte seine Scham bezwungen
und den Sieg allein errungen!

Wenn auch die Stadt ganz furchtbar roch,
so wussten seine Bürger doch,
dass solch ein Auftritt nur mit Schneid,
mit Heldenmut und Tapferkeit
und nur von einem starken Mann
derart gemeistert werden kann.
Der König stank zwar fulminant,
doch dieser Mief für Größe stand!
Drum brach ein Riesenjubel aus,
ein jeder spendete Applaus.

SO SCHALLTE ES WEIT IN DIE WELT:
»KÖNIG PUPS IST UNSER HELD!«

LANG LEBE KÖNIG PUPS!

EIN HOCH AUF KÖNIG PUPS!

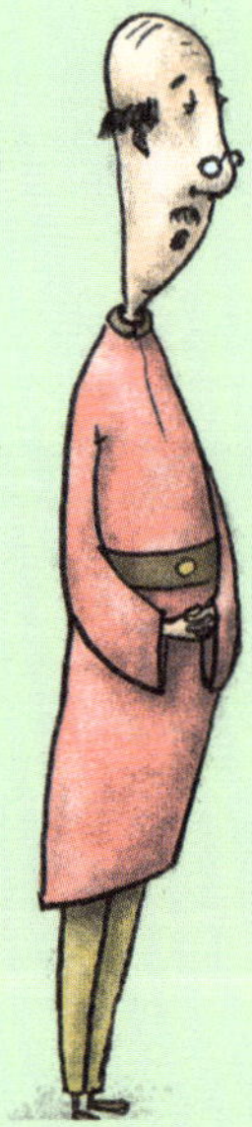

GELEHRTER

PUPS

KÖNIG PUPS

SCHNEIDER